DRÔLES DE COCHONS!

ROBERT MUNSCH MICHAEL MARTCHENKO

Texte de Robert Munsch

Illustrations de Michael Martchenko

Les éditions la courte échelle inc.
5243, boul. Saint-Laurent
Montréal (Québec) H2T 1S4

Conception graphique: Derome design inc.

Dépôt légal, 1er trimestre 1990
Bibliothèque nationale du Québec

L'édition originale de ce livre a été réalisée en Ontario
par Annick Press sous le titre *Pigs*.
La traduction française a été faite par Raymonde Longval.

Les éditions la courte échelle
Montréal•Toronto•Paris

Données de catalogage avant publication (Canada)

Munsch, Robert N., 1945-

[Pigs. Français]

Drôles de cochons!

Traduction de: Pigs.
Pour enfants à partir de 3 ans.

ISBN 2-89021-123-1

I. Martchenko, Michael. II. Titre. III. Titre: Pigs. Français.

PS8576.U575P5314   1990   jC813'.54   C89-096450-5
PS9576.U575P5314   1990
PZ23.M86Dr   1990

Avant qu'elle parte pour l'école,
le papa de Lucie lui demande
de nourrir les cochons. «Lucie,
s'il te plaît, pourrais-tu nourrir les
cochons? Mais n'ouvre pas
la barrière, les cochons sont plus
brillants que tu crois. N'ouvre
surtout pas la barrière.»

«Moi, monsieur! répond Lucie,
jamais je n'ouvrirai cette barrière.
Jamais! Non, non, non.»

Lucie se rend à l'enclos des cochons. Elle les regarde; ils la regardent.

«Ce sont les animaux les plus stupides que j'ai vus» se dit Lucie. «Ils ont l'air d'une bande d'imbéciles. Jamais ils ne bougeront même si j'ouvre cette barrière.» Et elle ouvre la barrière un tout petit peu. Les cochons ne bougent pas; ils regardent toujours Lucie.

«Ce sont vraiment les animaux les plus stupides que j'ai vus» se dit-elle. «Ils ont l'air d'une bande d'imbéciles. Ils ne sortiront pas d'ici même si la maison prend feu.» Et elle ouvre la barrière un peu plus grande. Les cochons ne bougent pas; ils regardent toujours Lucie.

Lucie leur crie: «EH VOUS!
BANDE D'IMBÉCILES!» Les cochons
sursautent, renversent Lucie,
WAP-WAP-WAP-WAP-WAP, et sortent
de l'enclos.

Lorsque Lucie se relève, tous les
cochons ont disparu. «Oh! Oh!
se dit-elle, je crois que je vais avoir
des ennuis. Ces cochons ne sont
peut-être pas aussi stupides que
je l'imagine après tout.»

Elle rentre à la maison pour apprendre la mauvaise nouvelle à son père. En s'approchant, elle entend un curieux bruit venant de la cuisine: OINK, OINK, OINK.

«Ça ne ressemble pas à la voix de ma mère» se dit-elle. «Ça ne ressemble pas non plus à la voix de mon père. Ça ressemble plutôt à des cochons.»

Elle regarde par la fenêtre de la cuisine. Son père est assis à la table. Un cochon boit son café; un cochon mange son journal; et un autre cochon fait pipi sur ses souliers. «Lucie! crie son père, tu as ouvert la barrière! Sors ces cochons d'ici.»

Lucie ouvre la porte un tout petit
peu. Les cochons ne bougent pas
et la regardent. Elle ouvre la porte
toute grande et crie: «EH VOUS!
BANDE D'IMBÉCILES!» Les cochons
sursautent, renversent Lucie,
WAP-WAP-WAP-WAP-WAP, et sortent
de la maison.

Lucie court derrière eux, les ramène
à l'enclos et ferme la barrière.
«Vous avez toujours l'air d'une
bande d'imbéciles» leur dit-elle en
les regardant et elle se précipite
à l'école. Mais au moment d'ouvrir
la porte d'entrée, elle entend:
OINK, OINK, OINK.

«Ça ne ressemble pas à la voix de mon professeur» se dit-elle. «Ça ne ressemble pas non plus à la voix de la directrice. Ça ressemble plutôt à des cochons.»

Lucie regarde par la fenêtre du bureau de la directrice. Un cochon boit le café de la directrice; un cochon mange le journal de la directrice; et un autre cochon fait pipi sur les chaussures de la directrice. «Lucie! crie la directrice, sors ces cochons d'ici.»

Lucie ouvre un tout petit peu la porte de l'école. Les cochons ne bougent pas. Elle ouvre la porte un peu plus. Les cochons ne bougent toujours pas. Elle ouvre alors la porte toute grande et crie:
«EH VOUS! BANDE D'IMBÉCILES!»
Les cochons sursautent, renversent Lucie, WAP-WAP-WAP-WAP-WAP, et sortent de l'école.

Lucie entre dans l'école, s'assoit à son pupitre et dit: «Voilà! Je me suis finalement débarrassée de tous ces cochons.» Mais au même moment elle entend: OINK, OINK, OINK. Elle ouvre son pupitre et aperçoit un bébé cochon. «Lucie! lui crie son professeur, sors-moi cet imbécile de cochon d'ici!»

«Imbécile?» répond Lucie.
«Qui a dit que les cochons sont
des imbéciles? Les cochons sont
brillants, très brillants. Je vais
d'ailleurs garder celui-ci comme
animal de compagnie.»

À la fin de la journée, Lucie
attend l'autobus scolaire. Lorsqu'il
arrive, elle s'approche de la porte
et entend: OINK, OINK, OINK.

«Ça ne ressemble pas à la voix du chauffeur» se dit Lucie. «Ça ressemble plutôt à des cochons.» Elle monte l'escalier et regarde à l'intérieur. Un cochon conduit l'autobus, un autre mange les banquettes et plusieurs sont couchés dans l'allée.

Un des cochons se met au volant, ferme la porte, démarre et conduit l'autobus jusqu'à la ferme de Lucie. Il entre dans la cour et s'arrête directement devant l'enclos.

Lucie descend de l'autobus, traverse la cour et entre dans la cuisine. «Les cochons sont tous retournés dans l'enclos» dit-elle. «Ils y sont retournés d'eux-mêmes. Ils sont vraiment plus brillants que vous le pensez.»

Et Lucie n'ouvrit plus jamais de barrières... du moins plus jamais celles des cochons.

Achevé d'imprimer
sur les presses de Litho Acme Inc.
1er trimestre 1990

599 3